こうかんや

小川《おがわ》としあき

文芸社

こうかんやのお客さん

どうぶつ村の小高い丘《おか》の上には「こうかんや」があります。店長はゴリラのお兄さんです。毎日、村中のどうぶつたちが店にやってきては、自分の持ってきた食べ物と、自分がほしい食べ物とをこうかんします。

今日も朝早くから、どうぶつたちがやってきました。

「コン　コン　コン」

一番小さいドアから入ってきたのは、だれでしょう。ふさふさのしっぽが見えます。

「おはようございます。ゴリ兄さん。ぼくはだれか、わかりますか?」

「おや、その声と、ふさふさのしっぽは……。りすさんだね。」

「ばれちゃったね、さすがゴリ兄さん。ぼく、木の実を食べきれないほどたくさん拾ってきたんだ。だから木の実と、ぼくのすきなものをこうかんしにきました。」

りすさんは、リュックいっぱいに入った木の実をゴリ兄さんに見せました。

「これはこれは、たくさん拾ったね。くり、クルミ、どんぐり、しいの実など、たくさんあるね。すきな食べ物をえらんでいいよ。」

「ぼくね、パンケーキを作りたいんだ。だから、小麦粉《こむぎこ》とたまごをください。」

「おいしいパンケーキを作ってね。」

ゴリ兄さんは、小麦粉《こむぎこ》とたまご1個《こ》をりすさんにわたしました。りすさんは、よろこんで持ってきたリュックにたまごと小麦粉《こむぎこ》を入れて家に帰りました。

「トン　トン　トン」

二番目に小さいドアから入ってきたのは、だれでしょう。白くて長い耳が見えます。

「おはようございます。ゴリ兄さん。わたしはだれか、わかる?」

「そのすてきな白くて長い耳。うさぎさんだね。」

「ばれちゃったわ。さすがゴリ兄さん。畑でいっぱいにんじんができたので、持ってきました。」

そう言って、うさぎさんは、一輪車《いちりんしゃ》にいっぱい積《つ》んだにんじんをゴリ兄さんに見せました。

「とってもいっぱいとれたね。うさぎさんは、何とこうかんしたいのかな?

たくさんのにんじんだから、たくさんこうかんできるよ。」

うさぎさんは、たくさんの食べ物を見ながら、うれしそうに考えました。

「そうね。わたしはいちごが大すきだから、いちごミルクを作ろうかしら。だから、いちごとミルクをください。」

「おいしいいちごミルクが楽しみだね。」

そう言って、ゴリ兄さんは、うさぎさんにたくさんのいちごと、ビンに入ったミルクをわたしました。うさぎさんは、持ってきた一輪車《いちりんしゃ》に大切そうに、いちごとミルクを積《つ》んで帰りました。

「ドン　ドン　ドン」

少し大きいドアから入ってきたのは、だれでしょう。茶色で長いしっぽがドアから出ています。

「おはようございます。ゴリ兄さん。ぼくはだれでしょう？」

「そのすてきな、長くてどこにでもぶら下がることができそうなしっぽ。おさるさんだね。」

「ばれちゃったな、さすがゴリ兄さん。ぼくは、バナナをたくさん持ってきました。」

そう言って、おさるさんは、リヤカーいっぱいに積《つ》んだバナナをゴリ兄さんに見せました。

「とってもいっぱいとれたね。おさるさんは、何とこうかんしたいのかな？

こんなにたくさんのバナナだから、たくさんこうかんできるよ。」

おさるさんは、こおどりしながらいろいろな食べ物を見ました。おさるさんは料理《りょうり》をするのが大すきなので、何を作ろうか考えました。

「そうだ、今夜はカレーライスを作ろう。だからカレー粉《こ》と、じゃがいもとにんじんをください。」

「にんじんは、さっきうさぎさんがたくさん持ってきてくれたんだよ。」

そう言いながら、ゴリ兄さんはおさるさんにカレーライスの材料《ざいりょう》をわたしました。おさるさんは、それらをリヤカーに積《つ》んで、よろこんで家に帰っていきました。

「バン　バン　バン」

大きいドアから入ってきたのは、だれでしょう。長い鼻がドアから少しだけ出ています。

「おはようございます。ゴリ兄さん。わたしはだれか、わかります？」

「そのやさしい声と長い鼻は、ぞうさんだね。」

「正解《せいかい》。さすがゴリ兄さん。」

「おはよう、ぞうさん。今日も元気そうだね。」

「はい。ゴリ兄さんも、いつも元気そうでうれしいです。今日、わたしは、たくさんのりんごとプラムを持ってきました。」

「とてもおいしそうなりんごとプラムだね。何とこうかんしたいかな？」

「今日はサラダを作りたいの。だから、サラダの材料《ざいりょう》とこうかんしてください。」

ぞうさんは、ゴリ兄さんからたくさんの野菜《やさい》を受け取り、ぞうさんが持ってきた大きな二つのふくろに野菜《やさい》を入れ、うれしそうに帰っていきました。

どうぶつ村のこうかんやは、毎日次から次に、お客さんがやってきます。

おおかみがやってきた

　ある日の午後、遠くの村から一匹《ぴき》のたいへんおなかをすかせたおおかみが、このどうぶつ村にやってきました。おおかみは、「こうかんや」の看板《かんばん》を見て思いました。

「お店だ。ちょうどよかった。店員をおどかして、食べ物をたくさんいただくとするか。おれはとても強いおおかみだ。ようやく食べ物にありつける。」

　おおかみは、いかにも強そうな声を出し、少し大きいドアから店に入りました。

「おれは、遠い村からやってきた、とても強いおおかみだ。食べ物をもらいにきたぞ。」

「いらっしゃい、おおかみさん。この店は、こうかんやです。自分が持ってきた食べ物と、すきな食べ物をこうかんできる店ですよ。」

と、ゴリ兄さんは、やさしく言いました。

おおかみは、ゴリ兄さんを見てびっくりしました。やさしい声とはうらはらに、大きくて強そうで、ぜったいに勝てないとすぐにわかったからです。

「あっ、そうでしたか。もうしわけございません。じつは、もう何日も食べてなくて、おなかがぺこぺこなんです。そんなわけで、食べ物だって何にも持っていないんです。だから、少しだけでもいいから何か食べ物をください。」

ゴリ兄さんはおおかみの話を聞き、少しかわいそうに思いました。そこで、おおかみにこんな話をしました。

「おおかみさん。この店は、食べ物と食べ物をこうかんする店なんだ。だから、何も持っていなかったら、食べ物をわたすことができないんだ。だけど、もし君がわたしの手つだいをしてもいいと思うなら、考えてもいいが……。」

おおかみは考えました。〈この店にはたくさん食べ物がある。手つだうふり

をして、チャンスがあれば食べ物をいただいてしまおう。)

「わかりました。手つだいます。何をすればいいでしょうか?」

「裏庭《うらにわ》に、まきがたくさんあります。斧《おの》を使って、それらを使いやすいように割《わ》ってくれないかな? やり方については、この店の店員のねこ君に教えてもらってください。」

「わかりました。こう見えてもわたしは、まき割《わ》りの名人とよばれていますから。」

おおかみは調子のいいことを言いましたが、今までまき割《わ》りなどやったことがありませんでした。

少し生意気《なまいき》そうな黒ねこにつれられ、裏庭《うらにわ》でまき割《わ》りの準備《じゅんび》をしました。

おおかみはおなかがとてもへっていたので、このままねこをおそってしまおうかと考えました。

「ぼくを食べようとしても、むだだよ。ぼくは君よりすばやく動けるし、どんな高い所でも登ることができるんだよ。それに、ぼくをおそったりしたら、ゴリ兄さんがだまっていないよ。ゴリ兄さんは、とても強いんだよ。ライオンさんだってこわがるくらいなんだよ。」

おおかみは、ねこさんの話を聞いて、（これは勝手なことはできない。）と考え、しぶしぶまき割《わ》りをすることにしました。

まき割《わ》りがはじめてのおおかみにとっては、苦労《くろう》の連続《れんぞく》でした。斧《おの》が正確《せいかく》にまきに当たらなかったり、重たい斧《おの》をふりつづけて筋肉痛《きんにくつう》になったりしました。

もうやめたいと思うこともありましたが、ゴリ兄さんの信用《しんよう》を得《え》ようと、がんばりました。あせがたくさん出てきました。

こんなに苦労《くろう》したのは、はじめてだなと思いました。青空の中を、パンの形をした雲がおいしそうに流れていきました。

「ああ。なんて気持ちがいいんだろう。」

そこへねこさんがやってきて、おおかみに言いました。

「さすが、おおかみさんだね。たくさんのまきができて、みんなとてもよろこぶよ。ありがとう。おおかみさん。」

おおかみは、こんなにほめられたことがなかったので、照《て》れてしまいました。

ねこさんが、おおかみにコップをわたしました。そのコップには、冷《つめ》たいミルクが入っていました。おおかみは、夢中《むちゅう》でミルクを飲みました。

「ああ。なんておいしいミルクなんだろう。こんなにおいしいミルクは、はじめてだよ。」

「まき割《わ》りの仕事と、こうかんのミルクだよ。どう？　この村、気に入った？」

「こうかんするって、とてもいいことだね。とても気に入ったよ。もっと働《はたら》いて、今度は何か食べたいな。」

ねこさんは、待ってましたとばかりに、次の仕事を言いました。

「ここに材料《ざいりょう》があるから、これで大きなテーブルを作ってください。ぼくは用事があるので一度家に帰るけど、夕方までには完成《かんせい》させてね。」

と言って、ねこさんはすがたを消しました。

おおかみは考えました。

（見張《みは》りのねこがいないので、さぼってもいいかな。でも、働《はたら》いたあとのミルクはとってもおいしかったな。テーブルを作ったら、もっともっとおいしい食べ物が出てくるかもしれない。がんばって働《はたら》いてみようかな。）

おおかみは、あのミルクの味がわすれられず、あせを流しながら一生懸命《いっしょうけんめい》にテーブルを作りました。だれかのために働《はたら》いたことが今までなかったので、ねこさんやゴリ店長がよろこび、ほめてくれるすがたを想像《そうぞう》しながら、がんばりました。

やがて、テーブルが完成《かんせい》しました。

おおかみはとてもつかれてしまい、その場でねむってしまいました。

かんげい会

がやがやとにぎやかな声で、おおかみは目を覚《さ》ましました。裏庭《うらにわ》は、村中のどうぶつたちでいっぱいでした。

りすさんが、おおかみが起きたことに気づきました。

「おおかみさん。目が覚《さ》めましたか？　村中のみなさんが集まっていますよ。」

「ここに、みんなが集まっているんだって。どうして？」

「それは、今から村長さんが話してくれますよ。村長さん、おおかみさんがやっとお目覚《めざ》めですよ。」

それを聞いた司会者《しかいしゃ》のねこさんは、背筋《せすじ》をピンとのばして言いました。

「それでは、今から、村長さんにあいさつをしてもらいます。ゴリ村長さん、よろしくおねがいします。」

おおかみは、びっくりしました。あの、ゴリ兄さんが、この村の村長さんだったとは、夢《ゆめ》にも思っていなかったからです。

「村長のゴリです。いつもみなさんには、こうかんやにたくさんの食べ物を持ってきていただいて、ありがとうございます。あまった食べ物も、有効《ゆうこう》に使わせていただいています。

さて、本日は、みなさんにお集まりいただいて、まことにありがとうございます。急に、ねこ君に連絡《れんらく》をしてもらったのには、理由があります。それは、今日、遠くの村から、おおかみさんがきたからです。

おおかみさんは、とてもおなかがすいていましたが、こうかんできる食べ物も持っていませんでした。本来なら、食べ物をあげられないのですが、働《はたら》くことを条件《じょうけん》に、おおかみさんにまき割《わ》りとテーブル作りをたのんでみました。

多くのおおかみたちは約束《やくそく》を守らず、攻撃《こうげき》してくることが多いのですが、このおおかみさんは、言われた仕事をきちんとして、約束《やくそく》を守ってくれました。このようなおおかみさんだったら、この村に住んでもらってもいいと思い、おおかみさんのかんげい会をしようと、みなさんに集まってもらったしだいです。みなさん、いかがですか？　このおおかみさんを、この村の住民《じゅうみん》としてむかえてもいいですか？」

おおかみは、とってもびっくりしました。今まで、悪者と言われつづけ、ほめられたことがなかったからです。

司会《しかい》のねこさんが、ゴホンとせきばらいをして言いました。

「それでは、おおかみさんから、ひとことお話をいただきたいと思います。」

おおかみは、スポットライトを浴《あ》び、とても緊張《きんちょう》しながらあいさつをしました。

「遠くのおおかみ村から、にげ出してきました。ぼくは、昔から狩《か》りよりも物を作ることが好きでした。しかし、食べ物をとれないことから、家族や仲間《なかま》からバカにされ、いじめられ、けっきょく追い出されてしまいました。何日も歩きつづけ、ようやくたどり着いたのが、この村でした。死にそうなくらいおなかがすいていたのですが、村長さんから働《はたら》くことを条《じょう》件《けん》に食べ物をあげると言われました。生まれてはじめて一生懸命《いっしょうけんめい》にがんばりました。すると、がんばったあとに、ねこさんがミルクを飲ませてくれました。それが、何とおいしかったことか。」

それを聞いて牛さんが、ポッと顔を赤らめました。

「一生懸命《いっしょうけんめい》がんばらないと、こ

のおいしさを知ることができないことを知りました。だれも見ていないから、テーブル作りはさぼってしまおうかと思いましたが、がんばったあとのミルクのおいしさがわすれられず、テーブル作りも一生懸命《いっしょうけんめい》にやりました。

こんなわたしですが、みなさん、仲間《なかま》になってくれますか?」

会場から大きな拍手《はくしゅ》がわき起こり、おおかみさんがこの村の一員にみとめられました。

司会者《しかいしゃ》のねこさんが言いました。

「さあ、この村に新しい友だちができたことを祝《しゅく》して、みなさんが持ち寄《よ》ってきたごちそうをいただきましょう。りすさんのパンケーキや、うさぎさんのいちごミルク、おさるさんのカレーライスや村長さんが作ったなべもあります。」

会場のみんなは、すきな食べ物をおいしそうに食べました。

おおかみさんは、ゴリ村長に話しかけました。

「ゴリ村長。こんなぼくのために盛大《せいだい》なかんげい会を開いてくれて、ありがと

うござい ました。ところで、もしぼくがきちんと働《はたら》いていなかったら、どうなっていましたか？　約束《やくそく》を守れないおおかみ、役立たずなおおかみとして、仲《なか》間《ま》になれなかったですよね。」

ゴリ村長は、にっこりわらって言いました。

「そんなことはないよ。君は、みんなの役に立っていたよ。君が約束《やくそく》を守らなかったときは、君は、ぼくが作ったなべの材料《ざいりょう》の主役《しゅやく》になっていたんだよ。」

おおかみさんは、思わずなべを見つめてしまいました。

ゴリ村長

どうぶつ村に行くには、かならずこうかんやの前の道を通らなければなりません。どうぶつ村は海と山にかこまれていて、ほかの村につながる道はぜんぶ、こうかんやの前の道につながっています。だから村長は、どんな動物が来たか、知ることができます。

こうかんやの店員になったおおかみさんは、ねこさんに、そっと聞きました。

「ゴリ村長って、強くてかしこくてやさしいよね。昔からそうだったの？」

「わたしの友だちから聞いたんだけど、小さいころは弱虫《よわむし》だったみたいですよ。」

「えっ、本当なの？」

「くわしくはわからないけど、知りたかったらゴリ村長に聞いてみたら？」

おおかみさんは、それ以上は、ねこさんに聞きませんでした。でも、ゴリ村長のことがとても気になり、いつか直接《ちょくせつ》聞いてみたいと思いました。

ある日のこと、お客さんも一段落《いちだんらく》して、店にゴリ村長とおおかみさんの二人きりになることがありました。おおかみさんは思い切って、ねこさんから聞いた、ゴリ村長が昔は弱かったことを聞いてみました。

「ゴリ村長さん。村長さんは、昔は弱かったというのは本当なんですか？」

ゴリ村長は働《はたら》いている手を休め、やさしい目をして、

「本当だよ。ねこ君に聞いたんだね。少しひまになってきたので、お茶を飲みながら話をしよう。」

二人はテーブルに行き、ハーブティーを飲みながら休憩《きゅうけい》することにしました。

ゴリ村長は、静《しず》かに昔を思い出しながら話しはじめました。

「ぼくはね、けんかが大きらいだったんだ。いつもおとなしく、だれかに悪口を言われたりからかわれたりしても、おこったり反抗《はんこう》したりすることができなかったん

だ。だから、まわりのみんなは、ぼくに対してだんだんといじわるすることが多くなってきたんだ。いじわるされるとにげたけど、時にはみんなにたたかれたこともあったんだ。ぼくは抵抗《ていこう》できなかったから、みんなから『弱虫《よわむし》、弱《よわ》虫《むし》』と、よくからかわれていたんだ。」

おおかみさんは、（ゴリ村長は泣《な》き虫《むし》ではなく、けんかがきらいな、やさしい方なんだな。）と思いました。

「ゴリ村長は、どうして今はそんなに強くなったんですか？」

「そんなに強くはないよ。ただ、自分は悪者ではないと思っていたんだけど、じつは悪者だと気づいたからなんだよ。」

おおかみさんは、なんで村長が悪者なのか、わからなくなりました。

「いったい、何があったんですか？」

ゴリ村長は、しばらく空を見つめたあと、ゆっくり話しました。

「思っていても行動できなければ、やらなかったことと同じなんだ。ぼくはいじわるを言ったり、したりはしなかった。だから、自分はやさしいと思っていたんだ。

だけど、ある日、いつもいじわるをしている年上の番長が、弱い子をいじめていたんだ。こわくてだれも何もすることができなかった。いじわるされた子は番長が帰ったあと、みんなに言ったんだ。『どうしてだれも助けてくれなかったの。見ているだけだったら、あなたたちもいじめている番長と同じだよ』

その言葉に、自分は大きなショックを受けたんだ。そうだ、何もできなかった自分は、いじめをしている番長と同じじゃないか、って。」

「そのあと、村長はどうしたんですか？」

「ぼくは、番長と対決することになったんだ。」

おおかみさんは、おどろいた。泣《な》き虫《むし》村長、弱虫《よわむし》村長なんかじゃない。

「ある日、番長がまた同じように弱い者いじめをしている場を見かけたんだ。今まで大きなけんかをしたことがなかった自分は、本当にこわくて、いつもの

ようにだまっていたかったんだけど、『見ているだけだったら、いじめている番長と同じだ』という言葉を思い出し、息を大きく吸《す》って言ったんだ。

『いじめをやめろ!』

そのあとは夢《む》中《ちゅう》で番長と組み合い、真剣《しんけん》な目でにらみつけたんだ。番長も、ふだん弱虫《よわむし》の自分が大声でとびかかってきたものだから、おどろき、目をパチクリさせていたんだ。まわりの友だちも、かたずをのんで、ぼくたちを見つめていたんだ。

どれだけ時間がたったろう。ほんのちょっとの時間だったかもしれないが、とても長い時間のような気がした。ねずみさんが小さな声で、『いじめをやめろ』と言ったんだ。その声を聞いてみんなも、『いじめをやめろ』と声を出すようになり、やがて、『いじめをやめろ！』という言葉が大きくひびくようになったんだ。それを聞いて番長は、『おぼえていろ』と捨《す》てぜりふをはいて帰っていったんだ。

そのとき、こわかったけど、行動してよかった、これが、本当のやさしさなんだと思ったんだ。だから、その番長とのけんかのあとは、よいと思ったことは行おうとするようになったのさ。」

おおかみさんは、ついついだましてやろうと思う自分の心をはずかしく思いました。

「村長さん、本当のやさしさというのが少しわかった気がします。勇気《ゆうき》というものも大切なんですね。自分も、よいことができるようにしたいです。」

おおかみさんは、自分もいじめられていたことを思い出し、この村長がいる村はとてもいいなと思いました。

どうぶつ村の学校

どうぶつ村には、子どもたちもたくさんいます。どの子どもたちも、みんな元気にあいさつをすることができます。おおかみさんは、ゴリ村長に聞きました。

「この村の子どもたちは、みんな元気にあいさつできますね。家庭のしつけや、学校の指導《しどう》がいいからですか？」

「昔は、あいさつがあまりできなかったんだ。でも、だんだんみんながなかよくなり、あいさつがよくできる村になったんだよ。おおかみさん、学校のよう

すが見たかったら、連絡《れんらく》しておくから、ぜひ見学してごらん。ねこ君に案内《あんない》してもらうといいよ。」

「見学していいですか。ぜひ、よろしくおねがいします。」

おおかみさんは、ねこさんと学校に行くことになりました。

学校は、海辺《うみべ》にありました。通りには、《あいさつ通り　自分から笑顔《えがお》であいさつしよう》という看板《かんばん》がありました。

行くとちゅうで、ぞうさんに会いました。

「あら。おおかみさん、こんにちは。お元気ですか？　この村に慣《な》れましたか？」

「ぞうさん、こんにちは。はい、元気です。とてもいい村ですね。だんだん慣れてきました。」

「今日は、どちらまで？」

「ねこさんの案内《あんない》で、学校見学です。」

「そうですか。わたしのむすめも通っているんですよ。楽しい学校だから、よく見てきてください。」

「ありがとうございます。では、しつれいします。」

ぞうさんと別《わか》れたあと、ねこさんはおおかみさんに言いました。

「あいさつ通りは、ゴリ村長が力を入れているんだよ。自分から声をかけて、相手との関係《かんけい》を作っていくんだ。なるべく相手を思いやる会話ができるようにしていくんだ。ぞうさんは君のことを気づかい、この村には慣《な》れたか聞いただろう。それが、相手を思いやる気持ちなんだ。」

おおかみさんは、せっかく話しかけてくれたぞうさんについて、何も質問《しつもん》しなかったことに気づきました。

学校では、校庭にみんなが集まっていました。

朝礼台《ちょうれいだい》の上には、赤いネクタイを着けたやぎさんが立っていました。やぎさんは、この学校の先生です。

やぎ先生は、おおかみさんが来たのを見て言いました。

「みなさん、今日はみなさんの勉強しているようすを、この村に来たおおかみさんが見にきてくださいました。そこで今日の勉強ですが……。」

そう言って、やぎ先生は生徒《せいと》たちの顔を見わたしました。

生徒《せいと》たちは、どんな課題《かだい》を出されるか、息をのんで注目しました。

「今日の勉強は、おおかみさんと、なかよくなることです。どうしたらなかよくなれるか、よく考えて行動してください。以上。」

生徒《せいと》たちは、「ワーッ。」と歓声《かんせい》をあげました。

でも、おおかみだからちょっとこわくて、しばらくは友だちと相談するばかりで、だれもおおかみさんに近寄《ちかよ》りませんでした。

小さなねずみさんが言いました。

「おおかみさんと、みんなで遊ぼうよ。遊ぶと心がつながって、なかよくなれると思うよ。」

ほかの動物たちは、ためらいました。やはり、こわい気持ちがあるからです。

ねずみさんが、おおかみさんのところに近づいていきました。

「おおかみさん、ぼくたちといっしょに遊びませんか？　いっしょに遊ぶと、みんながなかよくなれると思うんだ。」

おおかみさんは、ねずみを見て一瞬《いっしゅん》おいしそうだと思いましたが、この村ではぜったいに動物をおそったりしないと心にちかっていたので、笑顔《えがお》でねずみさんの提案《ていあん》を受け入れました。

「ねずみさん、何をして遊ぼうか？」

「オニごっこがいいかな。ぼくが追いかけるから、おおかみさんは、にげるんだよ。タッチされたら負けだよ。わかった？」

「ねずみさんにつかまらないように、ぼくはにげればいいんだね。わかった。やろう。」

ねずみとおおかみのオニごっこがはじまりました。おおかみさんは、不思議《ふしぎ》に思いました。ふだんは自分がねずみを追いかけて食べようとしていたのに、

今は自分がねずみからにげている
ことに。
ふと、おおかみは立ち止まりま
した。そして、ねずみさんの気持
ちを考えました。
（ねずみさんは、今まで命がけで
にげていたんだ。おおかみにつか
まったら食べられてしまうんだ。
ぼくがねずみさんだったら、おお
かみは、とってもこわいよね。）
そして、ねずみさんに言いまし
た。
「ねずみさん。ぼくは今までねず

みさんの気持ちを考えたことがなかったんだ。追いかけられるって、本当にこわいことがわかったよ。」

「何を言っているの、おおかみさん。ぼくは、いつも食われる危険《きけん》に満《み》ちているんだよ。でも、ぼくたちが食べられない世界ができたら、うれしいと思うよ。この村は、動物をおそって食べることは禁止《きんし》になっているから、平和なところだよ。」

「そうなんだ。そんなきまりがあったんだね。でも、やぶる動物がでたら、どうなるの？」

「それはね、みんなの食事会のなべの主役《しゅやく》になってしまうんだよ。」

それを聞いたとき、おおかみさんは、ぞっとしました。ゴリ村長が言っていた言葉が、じょうだんではなく本当だったのだと思ったからです。

ねずみさんとおおかみさんがなかよく遊んでいるすがたを見て、ほかの動物たちも安心したようで、次々にオニごっこの仲間《なかま》に入ってきました。なかよくなるのは早いもので、1時間たったときには、みんなが笑顔《えがお》になっていました。

やぎ先生は、そんなようすを見て、笑顔《えがお》がいっぱいになっていました。

きつねが持ってきたもの

ある日のこと、こうかんやの店の前に、傷《きず》だらけのきつねがたおれていました。おおかみさんが発見して、ゴリ兄さんの所につれて行きました。ゴリ兄さんは、きつねに水を飲ませ、しばらく休ませていました。

きつねが目を覚《さ》ますと、ゴリ兄さんは、やさしく声をかけました。

「傷《きず》だらけで、さぞ、たいへんなことがあったんだね。」

その言葉を聞いて、きつねは泣《な》き出《だ》しました。しばらくして、きつねは話しはじめました。

「じつは、ぼく、この村から少しはなれた場所で、親子なかよくくらしていたんです。一週間ほど前のことでした。ぼくら親子が木の実を拾っていたときです。とつぜん人間があらわれて、ぼくたち親子を鉄砲《てっぽう》で撃《う》ってきたんです。ぼくは夢《む》中《ちゅう》で人間にとびかかり、家族を守ろうとしました。けれども、妻《つま》は撃《う》たれて死んでしまいました。子どもたちも、にげたんだけど、無事《ぶじ》かどうかわかりません。一生懸《いっしょうけん》命《めい》にさがしましたが、見つかりませんでした。わたしが抵抗《ていこう》したすがたにおどろいたのか、人間は、

にげてしまいました。そのとき人間がわすれていったものが、これです。」

と言って、鉄砲《てっぽう》を差《さ》し出《だ》しました。

「どうか、これと食べ物をこうかんしてください。」

「うちは食べ物としか、こうかんしないのだが……。」

ゴリ村長は、こまったようすでした。おおかみさんが言いました。

「わたしは何も持っていないのに、ゴリ村長に助けられました。ぜひ、このきつねさんも助けてあげたらいかがでしょうか?」

しかし、ゴリ村長は、すぐには返事をしません。

「きつねさんの体力が回復《かいふく》するまで面倒《めんどう》を見よう。しかし、きつねさんが持ってきた鉄砲《てっぽう》が問題なんだ。鉄砲《てっぽう》はとても高価《こうか》なもの。けれど、相手の命をうばってしまうおそろしいものなんだ。これをどうするかで、なやんでいるんだ。強い武器《ぶき》が力で相手を支配《しはい》するようになったら、この村はおしまいなんだ。強い武器が必要《ひつよう》になって、そのためにたくさんの食べ物がうしなわれるようになってしまったら、平和で住みやすいどうぶつ村ではなくなってしまうんだ。」

「鉄砲《てっぽう》って、そんなに高いものなんですか?」

おおかみさんは、ゴリ村長にたずねました。

「ああ、高価《こうか》なものだよ。ここにある食べ物全部とこうかんできるぐらいの価値《かち》はあるんだ。」

おそろしい武器《ぶき》って、とても高いことがわかったおおかみさんでした。

ふと、おおかみさんは、先日行った学校のことを思い出しました。

(あの子どもたちだったら、何と言うのだろう。)

「ゴリ村長、子どもたちに考えてもらったらどうでしょうか? ぼくは、子どもたちの力で、あっという間になかよくなることができたんですよ。」

ゴリ村長は、大きくにこっとして答えました。

「そうしよう。」

どうぶつ学校でゴリ村長が鉄砲《てっぽう》
について説明《せつめい》し、きつねさんが持
ってきた鉄砲《てっぽう》をどうしたらよい
か、考えてもらいました。
生徒《せいと》たちから、いろいろな意見
が出ました。
「鉄砲《てっぽう》がたくさんあれば、ぼくた
ちの村を守ることができるよ。」
「鉄砲《てっぽう》より強い武器《ぶき》ができたら、
いくら鉄砲《てっぽう》がたくさんあっても役
に立たなくなるかもしれないよ。」
「鉄砲《てっぽう》って、とっても高価《こうか》なもの
だから、たくさんそろえたら食べ

物がなくなってしまうよ。」

「鉄砲《てっぽう》をそろえるんだったら、食べ物を作るための費用《ひよう》にしたほうがいいと思うよ。」

「鉄砲《てっぽう》は命をうばうものだから、ぜったい使いたくないよ。」

「鉄砲《てっぽう》をこわしてしまおうよ。」

なかなか意見がまとまりませんでした。

すると、小さなねずみさんが言いました。

「みんなはどうして、戦《たたか》ったり守ったりすることばかり考えるの？ たった一丁《いっちょう》の鉄砲《てっぽう》で、この村の生活がめちゃくちゃになってしまいそうで、とてもこわいよ。ぼくは、この前おおかみさんとオニごっこをして、とてもなかよくなれたんだ。武器《ぶき》や戦《たたか》うことばかり考えるのではなく、みんなともっとなかよくなるにはどうしたらいいかということも、考えなければならないんじゃないの？」

みんなは、はっとしてしまいました。でも、鉄砲《てっぽう》をどうしたらよいか、生徒《せいと》たちにもわかりませんでした。最後はゴリ村長にまかせることになりました。

ゴリ村長は、

「一生懸命《いっしょうけんめい》に考えてくれて、ありがとう。みんなでなやみ、考えるって、大切なことですね。みんなとなかよく生活できるようになるには、どうしたらよいか、わたしも考えます。これは、わたしの大きな宿題です。」

と、言いました。

ゴリ村長の答え

きつねさんが持ってきた鉄砲《てっぽう》の問題は、村中の大きな話題《わだい》になりました。あちこちで、どうしたらよいか話し合うことが多くなってきました。大人も子どもも不安《ふあん》に感じながら、ゴリ村長の結論《けつろん》を待っていました。

きつねさんは、だんだんと体が回復《かいふく》してきましたが、自分のせいで村中がたいへんなことになってしまったことに、心がいたんでいました。

「ゴリ村長さん、ぼくのせいでこんなことになってしまって。ぼくが鉄砲《てっぽう》を持ってきたために、平和などうぶつ村が……。」

「きつねさん、気にしないでください。いつかこんな日は来ると思っていたことですから。きつねさん、村にとって一番大切なことは何だと思いますか？」

「平和だと思います。」

「そうですよね。みんなが安心して楽しく生活できる村って、平和ですよね。」

「でも、敵《てき》がおそってきたら不安《ふあん》ですし、平和とも言えないですよね。ぼくの家族のように殺《ころ》されたり、ばらばらに別《わか》れてしまったら、とてもつらいです。」

「だから守るために、負《ま》けないように、武器《ぶき》をたくさん用意する。たとえ、食べ物が少なくなり、生活が苦《くる》しくなってもいいという考えは、すきじゃないんだ。小さな子どもたちは、すぐに知らないどうぶつたちともなかよくなれる。

でも、大人になればなるほど、むずかしいんだ。」

ゴリ村長は、ため息をつきながら、結論《けつろん》が出せないままでいました。ふと、先日聞いた、ねずみさんとおおかみさんの、なかよく遊んだことを思い出しました。相手を信《しん》じて心を通わせたこと。そして、なかよしの輪《わ》が、どんどんと広がっていったこと。

「きつねさん。この村に来て、何か足りないものがあったら教えてください。ほかの村から来たきつねさんなら、足りないことがわかると思うのだけど。」

「ゴリ村長さん。この村の方々は、やさしくて、とてもすてきだと思います。ただ、少し足りないものは……。」

「足りないものがあるんだね。遠慮《えんりょ》せずに教えてください。」

「じつは、ぼくが住んでいた村は、あたたかい気候《きこう》のせいか、花がいっぱい咲《さ》いていたんです。いつも花の中をかけ回っていて、幸せに感じていました。」

「そうか、花か。花を見ると、心がやさしくなるね。ありがとう、きつねさん。

少し自分の答えが見えてきたような感じがします。」

ゴリ村長は、明るい表情《ひょうじょう》で自分の部屋に入っていきました。宿題の答えに、ようやくたどりつくことができました。

翌日《よくじつ》、ゴリ村長は、掲示板《けいじばん》に宿題の答えを書いたものをはりだしました。掲《けい》示板《じばん》には、次のことが書かれていました。

武器《ぶき》を持つより、ほかの村のどうぶつたちと
もっとなかよくしていきます。
そのため、次のことを行いたいと思います。

1　ほかの村との、なかよし交流会《こうりゅうかい》
（スポーツ大会、食事会、おまつりなど）

2　こまったら助け合う
（食べ物、仕事など）
3　この村を花いっぱいにして、
やさしい心を育てる
（花作り担当は、きつねさん）
ゴリ村長より

みんなは掲示板《けいじばん》を見て、武器《ぶき》について議論《ぎろん》することがなくなりました。その代わり、花の育て方に興味《きょうみ》を持ったり、自分のとくいなスポーツについて話したりするようになりました。

どうぶつ村は、季節《きせつ》ごとに咲く花を考え、どの季節《きせつ》にも花がいっぱい咲くようになりました。

今は夏です。

海の青と、どこまでもつづく黄色のひまわり畑が、みんなの心をとてもうれしくさせています。

ほかの村からもどうぶつたちが訪れ、幸せな気持ちで花畑の中を歩くようになりました。

おしまい

あとがき

人生迷い道だらけです。あのとき、ああすれば良かったと思う人は、多いと思います。

自分は、人とけんかしたり人を傷つけたりするのが嫌いで、いじめられてもやりかえすことはできませんでした。助けてほしいけれど、強いいじめっ子が怖くて誰も助けてくれません。家に帰り、家族の温かさに触れたとき、我慢していた涙があふれてきたのを昨日のことのように覚えています。

同じような経験を持っている人も、いるのではないでしょうか。助けてほしかったけれど、誰も助けてくれなかった悲しい気持ち、助けたいけれど勇気がなくて助けられなかった後悔。あの時、もっと自分は心が大人であったなら、と思うことがあります。一生残ってしまう心の傷に気付いてほしい思いで、ゴリ兄さんが番長に向かっていく場面を書きました。

小学校の教師になり，たくさんの寛容でやさしさにあふれた子どもたちと出会いました。それぞれ生活環境が異なるけれど、教室の中では平等であり、平和な世界でした。失敗することもありましたが、子どもたちのおかげで救われることも多く、楽しい日々でした。

大人なら仲良くなるのに時間がかかるけれど、子どもたちはすぐに遊びに誘い、仲良くなれるんですね。いつも平等であり、相手に心を開き、仲良くなろうとする。大人もこんな気持ちで世界の国々の人々と仲良くなれたらいいなと思い、おおかみさんが学校で遊ぶシーンを入れてみました。

鉄砲が持ち込まれるという、自分にとっても大きな課題をあえて書きました。最初は結論は書かず，オープンエンドで読む人に考えてもらう形で原稿を出しました。しかし、結論があった方がいいと言われ、自分なりの理想を書きました。みなさんだったらどうするでしょうか？　考えるきっかけになってくれればと思っています。

この本を読まれて、少しでも心に残り、考える場面があったら幸いです。

最後に、出版を後押ししてくれた妻と、出版を勧めてくださいました文芸社の方々、そして、すてきなイラストを描いてくださいましたかたぎりあおいさんに、心から感謝します。

２０２４年２月

小川　としあき

著者プロフィール
小川 としあき（おがわ としあき）
昭和35年　千葉県生まれ
千葉県成田市在住

本文・カバーイラスト／かたぎり あおい
イラスト協力会社／株式会社ラポール　イラスト事業部

こうかんや

2024年4月15日　初版第1刷発行

著　者　小川 としあき
発行者　瓜谷 綱延
発行所　株式会社文芸社
〒160-0022　東京都新宿区新宿1－10－1
電話　03-5369-3060（代表）
03-5369-2299（販売）

印刷所　株式会社暁印刷

ISBN978-4-286-24842-4